假如生命欺騙了你

俄羅斯哲詩選

普希金 等　著　　歐茵西　譯

櫻桃園文化

國家圖書館出版品預行編目（CIP）資料

假如生命欺騙了你：俄羅斯哲詩選 / 普希金 等
(A. S. Pushkin) 著；歐茵西 譯 . -- 初版 . -- 臺北
市：櫻桃園文化, 2018.2
160 面；14.5x20.5 公分 . -- (詩讀本；1)
ISBN 978-986-92318-6-2

880.51   107001063

詩讀本 1

假如生命欺騙了你：俄羅斯哲詩選
Если жизнь тебя обманет. Стихи русских поэтов о жизни

作者：普希金（A. S. Pushkin）等
譯者：歐茵西
主編：丘光
特約執行編輯：安歌
校對：丘光
版面設計（封面及內頁）：丘光
出版者：櫻桃園文化出版有限公司
地址：116 台北市文山區試院路 154 巷 3 弄 1 號 2 樓
電子郵件：vspress.tw@gmail.com
網站：https://vspress.com.tw/
版權所有　翻印必究

印刷：世和印製企業有限公司

總經銷：遠足文化事業股份有限公司
地址：231 新北市新店區民權路 108-2 號 9 樓
電話：02-22181417　傳真：02-86671891

出版日期：2018 年 2 月 5 日初版 1 刷　定價：300 元（тираж 1.5 тыс. экз.）

你的荒原中只有一物

可以虜獲我的心靈……

　　　　　——普希金

目次

款款情韻，悠遠襟懷──代序
歐茵西

　　當我們思及世界不同民族的文學，無論荷馬史詩、中國詩經，或迢遠傳說、部落民謠，都不難發現，遠在散文、小說以前，詩歌早已存在。也發現，詩歌較散文、小說更富藝術性，它不僅有感情、有故事，還有聲音、有顏色，常流瀉更強烈的旋律。好詩即使寥寥數筆，也能令人心神盪漾，俄文詩也不例外。

　　公元第九世紀後期，俄羅斯才開始有書寫文字，文學起步落後許多國家、民族、語言（例如中文）。口傳的民謠與民俗詩歌則歷史悠久，直至今日還部分留傳了下來。我們雖難推斷它們是否保存了千餘年前的面貌，但可以相信民謠與民俗詩反映人民的習俗、信仰和感情，兼具珍貴的歷史和藝術價值。

　　十七世紀初期起，俄國文學逐漸接受越來越多來自西方的影響，包括引進當時西歐流行的詩律，注意每行音節數固定、重音與非重音音節形成的節奏感。十八世

紀中期與後期，在特賈科夫斯基、羅曼諾索夫 [1]、德札文等學者及詩人影響下，俄詩主題、文字、形式、音律、韻腳已更生動，並展現更豐富的俄羅斯精神特質。十九世紀前四十年是俄文浪漫詩鼎盛期，普希金及其同時代人的裊裊情思，成就俄詩光華璀璨的黃金時代。情詩、抒情詩、輓歌、田園詩、浪漫曲、民謠詩、寓言詩、敘事詩……，莫不精品輩出。它們感懷主觀、餐風飲露、夢想朦朧、悱惻迷離、語言絢麗。詩人各有所長，如：茹科夫斯基的情詩，德維與卡爾佐夫的民謠詩，雅澤科夫、裘契夫及萊蒙托夫的抒情詩，皆精品中的精品。普希金則總其成，形式最多樣，題材最廣泛，敏銳凝煉，音韻雋朗，優雅風流，兼而有之。十九世紀中期以後，屠格涅夫、托爾斯泰、杜斯妥也夫斯基等人的寫實小說獨領風騷，詩歌黯然褪色。十九與二十世紀之交，象徵詩的文化思維瑰麗奇譎，詩歌再現高峰，世稱「俄文詩的白銀時代」。當我們翻開俄國文學史冊，卻不難發現，從早期民俗詩歌，十八世紀古典詩，十九世紀浪漫詩，至二十世紀現代詩，俄詩其實從未斷流。詩人代代相傳，丹青妙手，繪寫幽渺美麗的藝術世界，文情聲情絲絲入扣，淋漓揮灑俄羅斯人對世間事物的情意與對生命哲理的探索，有的纏綿盡致，有的含蘊婉曲，都傳唱不輟。

任教台灣大學期間，閱讀俄文詩歌是我的重要功課。因國科會支持，曾譯俄詩二百餘首，出版《浪漫與沉思──俄國詩歌欣賞》一書。承「櫻桃園文化」出版社主持人丘光邀約，依歷年譯詩內容分哲詩、情詩兩類別重新編輯出版。櫻桃園文化歷年出版品口碑極高，得以合作，本人至深感荷！

──────────

①特賈科夫斯基（V. K.Tredjakovsky, 1703-
　1769）是詩人、語言學家；羅曼諾索夫
　（M. V. Lomonosov, 1711-1765）是自然
　科學家、化學家、博學家、詩人。

卡拉姆金

Nikolay Mikhailovich Karamzin
1766-1826

　　十八世紀後期，西歐強調感情開放的自由主義與善感的文學筆調也對俄國產生影響，其間卡拉姆金扮演了穿針引線的角色。他在八十年代初期接觸瑞士及法國感傷小說及詩歌，極為心儀，後曾旅行歐洲各地，並發表遊記《一名俄國旅人的信》，文字間感情纖巧，氣質優雅，立刻聲名大噪。他一生熱心譯介西方詩文，創作許多俳惻的詩歌和小說，並曾費時二十二載撰寫十二巨冊《俄羅斯國家史》，在俄國文壇上有特殊貢獻。卡拉姆金最重要的貢獻在於喚起俄國讀者對浪漫的嚮往，放棄以前理性至上的要求，使文學寫作迸發生動感情，令人心往神馳。他對茹可夫斯基與巴鳩斯可夫發生直接影響，經過他們，通向普希金璀璨的俄詩黃金年代。

秋　(1789)

幽暗的林中，
　　　　秋風迴轉；
黃葉低吟，
　　　　飄飄落地。

空曠的園庭田野，
　　　　山岳哀鳴；
林中息了歌聲，
　　　　鳥兒失去蹤影。

遲行的雁群
　　　　匆匆南飛，
悠悠展翼
　　　　遠山天邊。

灰霧飄揚
　　　　寂靜山谷；
伴著農舍炊煙
　　　　升上高空。

旅人孤立山崗，
　　目光惆悵，
望著蒼白秋色，
　　黯然長嘆。

悲傷的旅人啊，請寬心釋懷！
　　自然界凋萎，
只是暫時景象，
　　一切將再生。

春日萬物甦醒，
　　帶著驕矜笑顏，
穿著新娘盛裝，
　　大自然再度新生。

啊！人類卻將永遠凋零！
　　春日裡老人
已感覺殘破人生
　　的冬日風寒。

茹可夫斯基

Vasily Andreyevich Zhukovsky
1783-1852

　　茹可夫斯基是一位優秀的詩歌譯者，一八〇二年譯英國詩人 Thomas Gray 的〈墓園哀歌〉（"An Elegy written in a Country Churchyard"），一夕成名。他翻譯了許多英文與德文詩歌，譯文的選字與技巧皆使原詩更形出色，溫柔甜蜜和遁世的憂鬱深深感動俄國讀者。茹可夫斯基自己寫輓詩、抒情詩、情詩、敘事詩，也都十分細膩，有一種朦朧的神祕，節奏悠揚，人稱其詩如「人間仙樂」、「天堂美夢」。茹可夫斯基的詩風與其出生背景及愛情經驗有密切關係。他是富有地主與女婢的私生子，母子地位屈辱，養成善感內向的個性。成年後，愛上同父異母姊姊之女瑪麗亞（Maria Protashova），對此絕望的不倫之戀用情至深，在許多首詩中抒發強烈渴望與悠遠幻想。「愛情」因此是其詩最常見的主題：追憶幸福，尋找希望，淒婉哀嘆，直接表露內心世界，對普希金及二十世紀初期的象徵主義詩人都有重要啟發。

小花 (1811)

原野的豔麗不再，
凋零的小花寂寞，
嚴酷的深秋之手
剝奪妳曼妙姿容。

唉！我們命運相同，
都為劫數逼迫：
葉子從妳的枝上飄落——
快樂從我們身旁飛走。

每日從我們奪去
理想以及歡樂，
每刻我們心中
珍藏的遐想揮落。

妳瞧……沒有誘惑；
希望之星正在墜落，
唉！誰能告訴我：生命還是花朵
在這世上更快殞沒？

回憶 (1821)

思念親愛的伙伴，
因為他們同行，鼓舞我們的生命。
莫傷感：他們已經不在，
要感恩：曾經有過他們。

大海 (1822)

無言的大海，碧藍的大海，
我在你的深淵上陶醉。
你滔滔奔喘，滿腔狂烈的愛
與激越的靈魂。
無言的大海，碧藍的大海，
請向我揭示你的深奧祕密：
是什麼搖撼你浩瀚的水面？
是什麼牽動你結實的胸膛？
是遠方明麗的高空
誘你掙脫塵世的奴役？
你洋溢生命的神奇和甜蜜，

與長天一般純淨：
你蕩漾碧空的絢麗，
燃燒朝霞夕陽的光澤，
撫愛金光閃閃的雲朵，
歡暢輝映天邊的星辰。
當烏雲滾滾捲來，
奪去長空的燦爛，——
你掙扎、咆嘯、高舉波濤，
撕裂充滿敵意的黑暗——
於是黑暗逃遁，烏雲遠逸；
騷動卻仍舊充塞著你，
受驚的浪起伏不息。
安謐晴空甜蜜的絢彩
並未還你真正的安寧；
你的靜滯只是假象：
深淵中隱藏驚慌，
仰慕長天，卻為它顫慄。

德維

Anton Antonovich Delvig
1798-1831

　　德維是普希金在沙皇村中學的同學與摯友，溫和敦厚，在文藝圈中人緣甚佳。普希金曾回憶說：「德維年少時便對詩歌表現濃厚興趣，崇拜德札文，讀過許多席勒與歌德的作品，能背誦每一首茹可夫斯基的詩。」德維十五歲開始在雜誌上寫詩，結構古典，語言親切，音韻和諧，此亦為他後來作品始終如一的特質。一八二四年起，德維是著名詩刊《北國之花》發行人，一八三〇年與普希金共同主編《文學報》，鼓吹「為藝術而藝術」的純文學。

　　德維偏愛短詩，其田園詩和輓詩輕柔憂鬱，多取材自民間故事，無深刻內容，文字簡樸，音韻起伏近似歌曲。二十年代，德維將這種民謠詩帶入成熟境界，贏得廣泛喜愛；到了三十年代，民謠詩已成為俄國文壇十分流行的詩歌。

俄羅斯歌謠　(1824)

唱啊，唱啊，
　　　　小鳥沉默了；
心靈曾認識喜樂，
　　　　卻已遺忘了。

愛唱歌的鳥兒啊，
　　　　你為何沉默？
心兒啊，你為何
　　　　接近了憂愁？

唉！凶狠的風雪
　　　　摧殘了小鳥；
惡毒的謠言
　　　　斷送了青年。

小鳥早該飛去
　　　　湛藍的海上；
青年原該避入
　　　　密蔭的叢林。

大海的浪濤洶湧，

　　　卻沒有風雪；⋯⋯

森林的野獸兇猛，

　　　卻沒有人類。

不是秋天的小小雨滴　(1824)

不是秋天的小小雨滴

飄灑著，飄灑著穿透霧氣，

是年輕人痛苦的淚

濺濕了自己天鵝絨的外衣。

「得了，年輕的兄弟！

　你又不是少女。

　喝吧，憂傷將會離去，

　喝吧，喝吧，憂傷將會離去！」

「但，朋友啊，

　胸中已深深埋下悲愁，

快樂的日子，幸福的歲月
已遠遠飛去。」

「得了，年輕的兄弟！
你又不是少女。
喝吧，憂傷將會離去，
喝吧，喝吧，憂傷將會離去！」

「像俄羅斯人愛故鄉，
我愛回憶
快樂的日子，幸福的歲月，
不能不悲泣。」

「得了，年輕的兄弟！
你又不是少女。
喝吧，憂傷將會離去，
喝吧，喝吧，憂傷將會離去。」

普希金

Aleksandr Sergeyevich Pushkin

1799-1837

　　出身莫斯科貴族家庭，父親雅好西方文化與文學，叔父為詩人，普希金自小深受熏陶，八歲便能以法文寫詩。一八一一至一八一七年為彼得堡沙皇村中學學生，該校係亞歷山大一世專為貴族子弟設立的精英學府，普希金在此接受自由思想啟迪，結交多位文學同好的摯友（包括民謠詩人德維），寫下百餘首詩，多以友情、愛情、歡樂及生命的喜悅為主題，形式上以德札文、巴鳩斯可夫的古典傳統為模仿對象。一八一四年，年方十五所寫的〈沙皇村回憶〉，共一百六十行，吟詠沙皇村的綺麗景色，雋永流暢，獲老詩人德札文激賞，從此名聞學校內外。

　　一八一七年畢業後入外交部任職，與十二月黨人文藝圈接近，寫了多首政治性詩歌，直率批評當朝，一八二〇年因此遠調南俄。高加索與克里米亞的自然山色與豪邁風情開拓普希金的視野，醉心拜倫自由熱情

的表現方式，完成多首長篇敘事詩、戲劇及抒情詩。一八二四年因愛情糾紛被革職，軟禁母親領地米哈洛夫斯科村，兩年後重返彼得堡。米哈洛夫斯科村係普希金童年故鄉，兒時的溫馨回憶與樸實的鄉村生活，使他的心境走向沉穩、逐漸豁達成熟。他專心創作，留下豐富成果，包括情詩、抒情詩、童話詩、敘事詩及史劇《鮑里斯‧戈杜諾夫》，並埋首於著名的長詩《奧涅金》。

《奧涅金》(1823-1830) 是普希金最重要的作品，男主角奧涅金代表了俄國貴族社會的「多餘人」，女主角塔吉雅娜則寄託著普希金的「可愛理想」與「俄羅斯精神」。全詩共四十八節，每節十二行，以普希金偏愛的四音步抑揚格寫成，描寫生動，詩句優美，音韻輕巧，經柴可夫斯基譜為歌劇，抒情的曲調與普希金的詩句形成完美組合，更使此詩廣為流傳。

《奧涅金》以外，普希金另有十餘篇敘事詩，多為一八二〇至三〇年間的作品。有的取材自俄羅斯民間故事，有的以南方高加索及克里米亞為背景。神異傳說、特殊的民族習俗及自然景致，神祕浪漫，十分吸引人。

一八三一年普希金與十六歲少女娜塔莉亞 (Natalya Goncharova) 結婚。娜塔莉亞的美貌驚動彼得堡，甚至引起沙皇尼古拉一世注意，邀宴不斷的生活卻使普希金極

為痛苦。一八三七年一月二十七日，普希金因妻子緋聞與人決鬥，二十九日傷重去世，享年三十八歲。

去世前數年，普希金的寫作重心已漸由韻文轉向非韻文。一八三一年《貝爾金小說集》包括五篇散文故事，一八三四年《黑桃皇后》，一八三六年《上尉的女兒》，嘗試跳脫幻想，內容生活化，人物真實親切，並以客觀的描寫取代主觀表述，為俄國文學由詩歌走向小說的發展預鋪了道路。

普希金一生寫下八百餘首抒情詩，十二首敘事詩，六部詩劇、散文體小說，童話故事。抒情詩題材廣泛、形式多樣；短詩、情詩、風景詩、輓詩、田園詩、民謠詩、童話詩……都質樸真摯、自然平實、流暢凝鍊、詩味濃郁。它們多簡短輕巧、往往不超過二十行，每行八至十音節，抑揚或揚抑格，雙行或交叉押韻，富強烈音樂感。常見的主題皆具典型浪漫色彩：夜、夢、妄思、熱烈的感情、對死亡及生命意義的悲嘆、對自由的狂熱。一八一七年以前，格律比較傳統保守，流放南俄期間，則因拜倫影響，逐漸活潑，同一首詩中，各詩行的重音音節數目時常不一致。二〇年代中期起，已輕鬆自如地排列組合，雖仍以抑揚或揚抑格為主要格律，但常見隨心所欲的例外；詩尾押韻亦不拘泥舊規，往往只以半諧

音和韻。同一節詩句中,有快樂、有憂傷;有天上、也有人間;有俗世生活,也有美麗藝術的描寫,對他而言,都是信手拈來,渾然天成。

普希金在俄國人心目中的地位迄今無人能比。文學評論家別林斯基 (V. G. Belinsky, 1811-1848) 曾言:「普希金如汪洋大海,其他詩人如或大或小的川河,匯積呈現俄文詩歌的生命與萬千風貌。」

玫瑰 (1815)

何處是我們的玫瑰?
朋友們哦!
玫瑰已經枯萎,
那朝霞的嬌兒。
不要說:
青春也將如此憔悴,
不要說:
這便是人生的歡樂!
告訴花朵:
別了,我憐惜你!

讓我們看看
盛開的百合①。

①原詩此處僅「百合」二字。百合花期長
　久，玫瑰凋萎，而百合仍然盛開，作者
　以之與玫瑰形成對比，故加「盛開的」。

致恰達耶夫① (1818)

愛、希望和虛名的
欺騙短暫愉悅了我們，
年少的歡樂已經消失，
如夢、如晨霧；
我們心中仍燃燒希望，
致命勢力的壓迫下，
我們以焦灼的心情
傾聽祖國的召喚。
我們懷著期待的折磨，
等候神聖的自由時刻，
如年輕的戀人
等候已訂的約會。

當我們為自由燃燒，

當心靈為榮譽活躍，

朋友，奉獻給祖國

我們至高的熱情吧！

同志，相信吧：將昇起

一顆醉人的幸福之星，

俄羅斯將自夢中驚醒，

在專制制度的廢墟上，

一一鏤刻我們的姓名！

---

①恰達耶夫（P. Chadaev, 1794-1856）為歷
史哲學家及出版家，1816 年在沙皇村
與普希金相識，成為好友。恰達耶夫曾
入伍參加對拿破崙之役，有強烈愛國意
識，但政治思想傾向激進，1836 年因寫
文批判當局，遭尼古拉一世以精神病罪
名監禁。

全是幻影虛空 (1819)

全是幻影虛空，

　全是廢話渣滓；

唯有酒與美色──
　　才是生的樂趣。

愛情與醇酒，
我們都需要，
缺少了它們，
此生是虛度。

還要加上疏懶，
伴著愛情醇酒；
我與它歌頌愛情，
它為我舉杯斟酒。

致大海 [①]　(1824)

再見，奔放的自然力！
你最後一次在我面前
藍藍的波浪翻滾不息，
驕矜的美色不停閃爍。

彷彿朋友悽切的怨聲，
如聞他臨別時的呼喚，
我最後一次傾聽
你的悲涼喧鬧與叫喊。

我的心靈嚮往的地方！
我多麼常常漫步岸旁，
又安詳，又憂傷，
因為祕藏的心願迷惘。

我多麼喜愛你的回音，
低沉的聲調，深處的鳴響，
還有黃昏時刻的寧靜，
以及衝動迸發的熱潮！

漁夫駕起溫順的風帆，
憑藉你任性無常的保護，
勇敢穿滑過你的波濤。
當你不可遏止地翻騰，
船隻便將成群地沉沒。

我未能如願永離你
寂寞靜止的海岸，
以歡欣之情祝福你，
順著你的背脊
奔馳我的濤濤詩情。

你等待，你呼喚……我卻被困縛，
我的心枉然地掙扎：
被強烈的熱情迷惑 ②，
我在岸旁留下……

期待什麼？如今何處
追尋我無憂的道路？
你的荒原中只有一物
可以虜獲我的心靈。

唯有峭岩，光榮的陵墓……
那裡深陷寒夢中的是
莊嚴的記憶：
拿破崙在那裡隕熄 ③。

他在痛苦中長眠，
跟隨他，如風暴喧響，
又一天才離我們遠去，
我輩思想的另一王者 ④。

他走了，自由為他哭泣，
把桂冠留在人間。
喧嚷吧，掀起險惡天氣：
他曾是，大海啊，你的歌手。

你的形象在他身上顯現，
他以你的形象塑造自己：
像你，他勇敢、深沉、憂鬱，
像你，他難以馴服。

世界荒蕪了……如今你
引我去向何方，海洋？
人間到處命運一樣：
不是文明，就是暴君
守衛凡有些許幸福的地方。

再會，大海，我將不忘
你莊嚴隆重的容貌，
我將久久，久久地
傾聽你黃昏的轟響。

朝向森林與無語的荒原⑤，
我，全心充滿你，帶著
你的海灣與峭岩，
光，身影與呢喃。

---

①此詩寫流放南俄後期，普希金即將前往
　米哈洛夫斯科村。
②普希金愛上敖德塞總督沃隆佐夫之妻。
③指聖赫斯那島，1821年拿破崙在此去
　世。
④指1824年辭世的英國詩人拜倫。
⑤指米哈洛夫斯科村。

假如生命欺騙了你　(1825)

假如生命欺騙了你，
莫悲傷，別生氣！

憂愁之日要克己，
要相信快樂會降臨。

心靈憧憬著未來，
眼前的總令人沮喪：
一切將轉眼不在，
逝去的常令人懷想。

冬夜 ① (1825)

風暴以濃霧遮罩天際，
雪花飛舞；
忽若野獸咆哮，
又似幼兒哭泣，
殘破的屋瓦上，
落下麥草的喧鬧，
或如遲歸的旅人，
扣敲我們的窗。

我們的老屋，

漆黑憂傷，
嬤嬤，妳為何
在窗前沉默無語？
是風雨的嗥叫，
使妳疲累？
還是紡錘的颼颼聲，
令人寱寐？

喝吧！我困頓少年
親愛的伙伴，
讓我們共飲苦酒：杯子呢？
我們的心靈將為之歡暢。

為我唱首歌吧！
像那大海彼岸的雲雀；
為我唱首歌吧！
像那清晨汲水的女郎。

風暴以濃霧遮罩天際，
雪花飛舞；
忽若野獸咆哮，

又似幼兒哭泣，

喝吧！我困頓少年

親愛的伙伴，

讓我們共飲苦酒：杯子呢？

我們的心靈將為之歡暢。

---

①此詩寫於軟禁米哈洛夫斯科村期間。
　童年保姆阿麗娜‧蘿季歐諾弗娜 (1758-
　1828) 陪伴他。此詩為保姆所作。

冷風依舊吹颮　(1828)

冷風依舊吹颮，

送來凌晨的寒。

春雪初融的地上，

冒出早生的小花。

彷彿來自蠟世界，

從芳香的蜜室

飛出第一隻蜂，

飛向初開的花

探問春之訊息：

貴客是否就要駕臨，

草地是否就要轉綠，

白樺是否就要茂密，

嫩葉是否就要綻放，

稠李是否就要開花？

回憶 (1828)

當喧囂的白晝如死者靜默，

　　當城市無聲的街道

覆蓋半透明的夜影

　　與睡夢，日間辛勤的酬報，

痛苦的失眠在

　　靜寂中牽曳，

寂寥的夜裡燃燒我的心，

　　彷彿蛇在嚙咬；

幻想翻騰，憂思壓抑的理智

　　壓迫過剩的沉重思緒；

回憶在我眼前默默

　　伸展長長的畫卷；

我厭惡地閱讀自己的生命，
　　我顫抖，我詛咒，
流著熱淚，痛苦抱怨，
　　卻洗不去悲哀的詩行。

當我閒踱熙攘的街道　(1829)

當我閒踱熙攘的街道，
當我步入滿座的廟堂，
當身旁青年狂哮喧鬧，
我沉緬於自己的冥想。

我說：時光飛馳，
芸芸眾生，
不見生命有終，
甚至時刻已近。

仰視孤寂橡樹，
我想：這眾木之長，
經歷先祖的世紀，

將超越我被遺忘的的生命。

當我撫愛嬰孩，
心裡說：「別了！」
我要讓出位來，
我將腐朽，而你含苞待放。

日日夜夜，
我慣於思索，
用心猜測，
何日將是我的忌日。

命定我死在何處？
海裡？路上？爭戰中？
或是鄰近的深谷？
收容我的冰冷塵埃？

無知覺的軀體，
雖將成灰，
我依然希望，
在親愛的故土中安眠。

願死一般的墓前，
青春的生命嬉遊，
天地永遠的光華，
閃爍安詳。

是時候了，朋友，是時候了！　(1834)

是時候了，朋友，是時候了！心要求平靜，
歲月一天天飛去，每一片刻帶走
一部份生命，我倆
準備共同生活……一看，已將死去，
世間沒有幸福，但有安寧與自由。
我曾夢想令人欣羨的命運──
我，疲倦的奴隸，早已盼望逃去
辛勤勞動與真正安逸的遙遠居所。

我的墓誌銘 [1] (1815)

這裡埋著普希金；他畢生快樂，
結交年輕的繆思、愛神和懶散，
未曾有什麼善行，但蒼天為證，
是個好人。

_____

[1]這首詩是普希金十六歲時的遊戲之作，
不幸預言了自己流星一般光華燦爛卻短
暫的一生。

巴拉汀斯基

Evgeny Abramovich Baratynsky
1800-1844

　　十九世紀二十至三十年代，輓詩在俄國極為流行，巴拉汀斯基是公認最出色的代表者。

　　巴拉汀斯基出身地主家庭，十二歲入學彼得堡軍事幼校，一八一六年因違紀被開除，三年後只能以低級士兵身份服役。此項記錄造成他很大的心理創傷，比其他文人對社會懷抱更深的不滿與更多對理想時代的憧憬。

　　在彼得堡時期幸運認識了德維。德維給予他許多鼓勵，並介紹認識普希金、茹可夫斯基及其他詩人和作家，引發了他的寫作興趣。

　　巴拉汀斯基於一八一八年開始寫詩，包括輓詩、牧歌、諷刺詩，敘事詩。他常在作品中談及生命的空虛、心情的孤寂、希望的幻滅，甚至死亡的喜樂，沉重的悲切與深層的思想和同時代的詩人很不相同。他的詩句皆經仔細琢磨，但不追求茹可夫斯基的甜蜜與巴鳩斯可夫的柔和，他講究表達真實的感情，挖掘複雜的內心活動，

並在重重困惑與掙扎中流露理智，是當時俄國詩壇上重要的思想性抒情詩人。

兩種命運 (1823)

天意賦予人類智慧
　　兩種命運的選擇：
希望與波濤，
　　或絕望與平靜。

無判斷經驗的勇者，
　　相信誘人的希望，
卻因蜚短流長的傳言，
　　與嘲弄的命運相連。

希望吧，熱情的青年！
　　飛翔吧，翅膀在肩上！
閃亮的構思與心中
　　燃燒的夢想屬於你們！

但你們若體認命運、

　　快樂的空幻與悲傷的力量，

便承受生命的智慧，

　　成為沉重的負擔！

遠離一切迷惑吧，

　　是的！讓生活恢復平靜，

庇護安逸之心

　　獲得冷漠的釋放。

在幸福的冷靜中，

　　如棺中死者之屍，

被法師的符語喚醒，

　　在吱咯齒聲中站起。

於是，你們心中燃起希望，

　　瘋狂沉醉於它的欺騙，

你們將為苦難，

　　為舊傷的新痛清醒。

最初體現的思想　(1838)

最初體現的思想
壓縮在詩中，
暗淡如處女
面對冷酷的世界。
然後膽大機靈，
能言善道
如小說長文裡
魅力無限的少婦。
然後如饒舌老嫗
率性嘮叨
雜誌辯論中
早被引述的陳腔爛調。

總是思想，思想……　(1840)

總是思想，思想！笨拙語言的藝術師！
啊，銘記為它獻身的祭師；
所在之處，有人類，有光明，

有死亡與生命，還有真理原貌。
雕刻、風琴、畫筆！幸運者感受
它，卻不沉迷！
只為人間的歡慶陶醉！
但在你面前，一如面對閃爍的劍，
思想，是銳利的光，塵世的生命黯然失色！

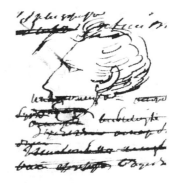

巴拉汀斯基，普希金繪於《波爾
塔瓦》詩作手稿中，1828 年。

雅澤科夫

Nikolay Mikhailovich Yazykov
1803-1846

　　與巴拉汀斯基一樣，雅澤科夫也是二十年代極受歡迎的抒情詩人，也寫了許多輓詩。

　　雅澤科夫出身富有的地主家庭。一八二二年至二九年留學德國朵巴特 (Dorpat) 大學哲學系，學會當時德國大學生灑脫浪漫，鎮日飲酒歌唱的生活方式。所寫的詩高唱自由與美酒，並不以內容見長，但意象活潑，文字感性，節奏輕快，很受年輕人喜歡。這些作品中也常流露遊子思鄉的情懷與對理想美景的憧憬，文字輕鬆流暢，純粹是年輕人的真情吟詠，談不上具體的政治色彩。他在詩中表達的愛國精神甚至帶有較多的斯拉夫主義傾向，在當時文人圈中算是少見的。

　　一八三五年以後，經常寫一些輓詩。因為健康狀況不佳，他常赴德、法、義大利養病，卻未見好轉，在輓詩中透露了面對疾病的挫折感。哀怨之餘，遣詞技巧依然精湛。在義大利認識了果戈里（N. V. Gogol, 1809-

1852），果戈里盛讚他無愧雅澤科夫之名 [1]：「雅澤科夫操縱語言就像阿拉伯人馴御自己的馬匹，隨心所欲，令人嘆服。」

---

[1] 俄文雅澤科 (yazyk) 之意為舌頭、語言。

歌 (1823)

我們愛嘈雜的狂歡飲宴，
我們愛美酒與快樂，
不以人間憂愁敗壞
火焰般的自由賞賜；
我們愛嘈雜的狂歡飲宴，
我們愛美酒與快樂。

我們的奧古斯都 [1] 看來像九月——
他與我們有何相干！
我們飲酒、狂歡、高歌，
無憂無慮、歡暢、放肆。
我們的奧古斯都看來像九月——

他與我們有何相干！

這裡既無權杖，也無鐐銬，
我們全都平等，全都自由，
我們的心智不是他人的奴隸，
情感崇高優美。
這裡既無權杖，也無鐐銬，
我們全都平等，全都自由，

既使俄羅斯沙皇來到此地，
我們也不從高腳杯前站起。
既使上天雷鳴擊中桌子，
我們也不中止歡宴。
既使俄羅斯沙皇來到此地，
我們也不從高腳杯前站起。

朋友們！舉杯向青天，
向大自然的主宰誓言：
「悲與喜——都一樣，
心——在自由的祭壇上！」
朋友們！舉杯向青天，

向大自然的主宰誓言：

「我們的偶像是
美酒、自由與歡樂！
獻上思想與語言！
獻上勤勉與懶散！
我們的偶像是
美酒、自由與歡樂！」

---

①此處以羅馬皇帝奧古斯都喻指沙皇亞歷
山大一世，作者認為他對十九世紀二十
年代興起於歐洲及俄國的自由思想態度
冷漠。

祈禱 (1825)

我祈求神的恩典：
留給我困頓的歲月，
但要賜我似鐵的堅忍，
但要硬化我的心。
好讓我忠貞不渝以新生之姿

邁向神祕之門，
如窩瓦河的蒼蒼波濤
不斷湧向岸邊。

水手 (1829)

我們的海洋人蹤渺渺，
日夜喧囂；
在致命的遼闊中
埋葬了無數災難。

勇敢啊，兄弟！
我揚帆迎風前航。
在搖擺的浪中
快船疾疾奔跑。

雲飛翔海面上，
風更強，浪更暗，
風暴來了：我們
與它奮勇搏鬥。

勇敢啊，兄弟！
烏雲轟鳴，巨浪沸騰，
波濤憤怒高聳，
墜入沉沉深淵！

在那裡，暴風雨後方，
是無上幸福的國度：
天上拱穹永不漆暗，
寧靜永不消失。

但海浪只帶著
堅定的心走向那方！……
勇敢啊，兄弟！
牢固你的帆劈向風暴！

裘契夫

Fyodor Ivanovich Tyutchev
1803-1873

　　出身貴族，從小接受優秀的人文教育，十歲能詩，一八一八年至二一年就讀莫斯科大學文學系。一八二二年至三七年為派駐德國慕尼黑的外交官，在此與詩人海涅及哲學家謝林締莫逆之誼。一八三七年至三九年調往義大利北部古城杜林 (Turin)，一八三九年因故離職，定居慕尼黑。一八四四年復職為官，是彼得堡社交圈甚受歡迎的客人。

　　裘契夫先後在國外居停二十二年，博學、聰穎、機智，深受歐洲文化與唯心哲學浸潤，有敏感的內心世界和浪漫的情思，社會與政治觀卻傾向斯拉夫派，是堅定的民族主義者，大部份政治性詩歌寫於晚年。抒情詩與情詩則是他最好的作品，且在二十年代末期已呈現其獨特風格：泛神論的形而上，孤獨隱祕而悲觀，意境幽遠，情意深摯，辭彙豐富而細膩，兼有德札文的莊嚴、普希金的優雅和茹可夫斯基的音樂感。

裘契夫作品約三百餘首，多簡短，在十二至二十行之間。風景詩歌多僅八行，擅長借景抒情，在自然現象的描繪中寄喻抽象的哲理。他著眼於細微但具特徵性的小點，廣泛運用對比與象徵，人類和宇宙萬象融合為一，留給讀者無限的想像空間。

　　裘契夫的情詩是徹底個人主義式的，熱情坦率與細緻溫柔兼具，記錄了自己刻骨銘心的情緣。裘契夫曾經兩度婚姻，數次戀情，一八五〇年愛上女兒的教師戴妮仙娃 (E. A. Deniseva)，同居十四年，備受社會譏嘲。一八六四年戴妮仙娃去世，裘契夫悲痛絕望之餘，又因妻子不咎既往深深自責，寫下許多悽婉動人的詩篇。這一系列與戴妮仙娃有關的作品常被視為最美、最真摯的俄文情詩。

　　裘契夫的哲理性思維，生動的大自然寫真與誠摯的感情表露，對俄國寫實文學及象徵主義詩歌都有影響。

幻影　(1829)

深夜萬物無語的時刻，
那幻影與神妙的時刻，

寰宇生氣勃勃的大車，
筆直奔向蒼穹的聖殿。

彼時夜濃如水上混沌，
昏睡如巨冊覆蓋大地；
只有繆斯的處女之心，
被諸神預言之夢驚醒。

春雷　(1828)

我愛五月初的雷雨，
當第一聲春之轟鳴，
宛若追逐著嬉戲著，
隆隆滾過蔚藍天邊。

青春的轟隆在喧響，
陣雨潑灑，塵飛揚，
晶瑩雨珠懸掛半空中，
陽光鍍成串串金黃。

山間奔下潺潺水流，
林中鳥雀嘈叫不息，
樹林與高地的喧嘩——
都歡喜回應著雷鳴。

你說：輕佻的赫貝 ①
正餵食著宙斯的鷹，
笑著從天空傾灑下
那滿杯翻騰的雷鳴。

---

① 赫貝 (Hebe)：希臘神話中的青春之神，
　她的職務是為諸神斟酒。

秋日黃昏 (1830)

秋日黃昏的明淨裡
有神祕動人的魔力：
不祥的光澤與樹的斑斕，
紫紅枯葉慵懶的簌簌聲；
霧濛濛的寧靜藍天，

籠罩孤苦憂鬱的地，
有時一陣疾風吹起，
彷彿預告風暴來襲。
萬物蕭索凋零，
帶著溫柔無力的笑，
我們在人身上稱它
苦難中神妙的羞赧。

沉默吧！ (1830)

沉默吧，隱匿自己，
把感情和夢想藏起——
讓它們在心靈深處
降落升起，
如夜間繁星無語——
欣賞它們吧——但要沉默。

心靈如何敞開自己？
旁人如何能了解你？
如何理解你生命的意義？

說出的思想成了謊言，
你挖掘泉源，卻攪渾它們——
啜飲它們吧——但要沉默。

要能活在自己之中——
你的心裡有一個
奇妙思想的完整世界；
外界的喧囂震昏它，
白晝的光芒驅散它——
聆聽它的歌吧——但要沉默！

海上之夢　(1830)

海水和狂風搖盪我們的小舟；
我惺忪朦朧任浪花恣意擺佈。
兩種無限在我心中，
對我任性作弄。
四周峭岩如鐃鈸鳴響，
風對風呼喚，巨浪高歌，
我昏睡在聲音的紛亂中，

我的夢卻飄翔在喧囂上空。
難受的清晰，蠱惑的緘默，
它飄游在轟響的黑暗上端。
在烘熱的輻射中展放自己——
大地碧綠，天空閃耀，
迷宮似的園庭、宮殿、廊柱，
蜂擁著無數沉默的人群。
我認識了許多陌生的面孔，
看見珍奇生物，神祕飛鳥，
我像上帝緩踱萬物的高空，
寰宇靜止地在我腳下發光。
穿透重重夢幻，我卻聽聞
大海漩渦怒吼如巫師號叫，
幻影與夢的寧靜國度
侵入浪花的泡沫呼嘯。

萊蒙托夫

Mikhail Yuryevich Lermontov
1814-1841

　　萊蒙托夫是俄國浪漫文學時代晚期多才多藝的詩
人，一般相信，若非英年早逝，他很可能成為普希金最
重要的傳承者。萊蒙托夫生於莫斯科貧窮的退休軍官之
家，母親為富有女地主之女。父親與外祖母極不和睦，
母親因此抑鬱而終，當時萊蒙托夫年僅三歲，父親無力
撫養，忍痛將他交給外祖母。家庭悲劇在萊蒙托夫幼小
的心靈留下深刻創傷，他早熟、孤獨、內向、悲觀的個
性表現在生活中，也表現在詩歌裡。

　　萊蒙托夫天資聰慧，十三歲便通曉法語、德語，閱
讀了大量俄國及外國文學作品，受普希金與拜倫啟蒙最
多。外祖母對他寵愛有加，並安排最好的教育環境。他
在莫斯科大學附屬中學及莫大就學期間，因堅強的師資
陣容與同儕間濃厚的人文氣氛，對文學產生深刻興趣，
創作了二百餘首詩。一八三二年卻因與教授衝突，遭退
學處分，轉學騎兵士官學校，兩年後畢業，派駐近衛軍

驃騎兵團服務，並繼續寫詩。一八三七年為悼念普希金發表的〈詩人之死〉嚴厲譴責外國兇手及沙皇諸臣，迅速流傳，甚至引起號召革命的騷動，他立即被捕，流放高加索。經外祖母極力奔走，次年四月重返彼得堡。此後兩年他在雜誌上發表多首長詩，包括著名的《精靈》與《修士》(或譯《童僧》)。

　　一八四〇年因故與人決鬥，再度放逐高加索；次年七月再因小事決鬥，不幸中槍，結束二十七年閃電般短暫的生命。萊蒙托夫在短促的一生中，創作抒情詩四百餘首，長詩二十七部（生前僅發表四部），劇本五部，小說六本，才華洋溢，卻幾乎通篇嘆惋人生無常，充滿悵恨無限的愁思，孤寂感特別濃重，欠缺普希金靜觀後的自在；詩的格律則比普希金自由靈活，常使用三音節的揚抑抑格，有時在同一詩中穿插抑揚抑格，音樂性較普希金強烈。

歌 (1829)

往日的幻影，
　　為什麼

喚醒沉睡的熱情
　　　和關心？
懷著轉瞬即逝
　　　的情慾！
如何追回昔日
　　　的幸福？……
你們如今何在，
　　　誓約與勇氣？
都已淹沒
　　　在忘川深處！……
雖仍年輕，面頰
　　　已蒙上陰影；
心籠罩著
　　　憎恨與冷淡！

哀歌 (1829)

啊！倘若我的歲月流向
寧靜與遺忘的的甜蜜懷抱，
擺脫人間的虛妄，

遠離塵世的奔忙，
倘若我沉溺的青春嬉遊
能馴服我的想像，
那麼，我將與歡樂同在，
那麼，我將不再去尋找
喜悅，榮耀和讚賞。
但世界對我空洞而無聊，
天真的愛不能取悅我心：
我尋找欺騙與新的感情，
縱使它們尖刻，也將使
滯熄於悲傷、痛苦、早熟
的血液重新甦醒。

生命之杯　(1831)

我們緊閉雙眼
　啜飲存在之杯，
以自己的淚水
　浸溼它的金邊。

當死亡來臨之前，
　　眼上落下蒙帶，
那誘惑過我們的
　　一切隨之消失；

此時我們才看清，
　　金杯原來空空，
杯中只有——幻夢，
　　它——也不屬於我們。

天使 (1831)

天使在午夜的天空飛翔，
　　唱著一首低沉的歌；
月兒、星星和雲朵一同
　　傾聽他的神聖曲調，

他在極樂花園天幕下
　　吟詠純潔之靈的至福；
他歌唱崇高至尊的上帝，

他的讚頌質樸真誠。

他擁抱一顆年輕的靈魂，
　　為塵世悲切哀哭；
歌聲流漾在那靈魂之中，
　　無語，卻充滿力量。

靈魂在人間曾久經磨難，
　　卻滿懷美妙的希望；
塵世的單調歌聲如何能
　　取代天堂上的悠揚。

不，我不是拜倫 (1832)

不，我不是拜倫，是另一個
仍舊無人知曉的候選人，
與他一樣，是塵世拋棄的漂泊者，
只是懷著一顆俄羅斯心靈。
我早早開始，也將早早結束，
我的才智完成的不多；

在我海洋一般的心靈中，
沉積著破碎希望的重負。
陰森的大海啊，誰能
領悟你的奧祕？誰能
向世人解說我的心思？
我──或是上帝──或是沒有任何人！

帆 (1832)

淡藍的海霧中
孤帆泛著白光……
它去異鄉何所尋？
它在故鄉何所棄？

浪花翻滾──風呼嘯，
桅杆彎折鳴響……
唉！它並不尋求
也非逃避幸福！

足下水流比藍天澄淨，

頂上的陽光金色燦爛
叛逆的帆卻祈求風暴，
彷彿風暴中才有安寧！

又寂寞又哀傷 (1840)

又寂寞又哀傷，無人可以伸手分憂，
　　當心頭勞頓的時候……
期望！……枉然永遠地期望何益？……
　　歲月消逝——所有甘美的歲月！

愛……愛誰？……短暫的愛，辛苦不值得，
　　互久相愛不可能。
反視自己？——往事了無痕跡：
　　歡樂與痛苦全不足道。

什麼是熱情？——需知甜蜜的痛苦
　　遲早將因理性之言消失；
而生命，當你冷靜地環視，——
　　只是如此空虛愚蠢的玩笑。

雲 [1]　(1840)

天上的雲，永遠的飄泊者！
和我一樣，你被流放，
飄過天藍的草原，閃耀的山脈，
從親愛的北國奔向南方。

誰驅趕著你？命運的判決？
暗藏的嫉妒？公開的怨恨？
或是罪過使你疚痛？
是朋友惡毒的誹謗？

不，你已厭倦田野的淒涼……
無動於熱情，無感於憂傷。
永遠的冷漠，永遠的自由，
你沒有故鄉，無所謂流放。

---

①此詩寫於萊蒙托夫二度流放高加索動身
　前夕，在友人的送別會上，他以流雲自
　喻，悲憤難抑。

別了，汙穢的俄羅斯　(1840)

別了，汙穢的俄羅斯，
奴隸的國土，地主的王國，
還有你們，天藍的軍服，
還有你們，忠誠的國民。

也許在高加索的山外，
我將可逃避你的總督①，
避開無所不見的眼睛，
避開無所不聞的耳朵。

①指沙皇的行政官吏。

祖國　(1841)

我愛祖國，但懷抱奇特的愛！
理智不能戰勝它，
無論鮮血換得的光榮①，
無論滿懷驕傲信任的平靜②，
還是黝暗舊日珍藏的傳說，

不能喚起心中歡喜的狂想。

但是我愛──為什麼，不知道──
曠原的冷漠，
樹林的微動，
宛若海洋的河潮……
我愛在村莊小道上驅車奔跑，
以從容的目光穿梭夜的陰影，
看兩旁淒清村莊顫爍的燈光，
惦想著夜宿的地方；

　　我愛田地焚燒後的煙霧，
　　原野上露宿的車隊
　　和山丘黃土間
　　兩株蒼蒼白樺。
　　滿懷旁人陌生的喜悅，
　　看見豐足的糧倉，
　　覆著麥杆的農舍，
　　雕花薄板的小窗；
　　露水濃重的節慶夜晚，
　　我願午夜時分

欣賞伴著口哨頓足的舞蹈，
還有醺醉農人的喋喋閒語。

---

①指俄國對外戰爭的勝利。
②指百姓對統治者的馴服。

我獨自一人走上路 ① (1841)

我獨自一人走上路，
石道閃爍穿透夜霧；
夜無聲。荒原聆聽著上蒼，
星星與星星對語。

天空神妙壯麗，
大地沉睡在淡藍光澤裡……
我為什麼這般痛苦難受？
我期待什麼？悔憾什麼？

對人生我已無所期待，
對往日不再悔憾；

我尋求著自由與安寧！
盼望遺忘並沉沉睡去！

但不要墓中冰冷的長眠……
我願永遠如此入夢，
讓生命在胸中微寐，
讓胸口輕輕呼吸。

讓我日夜傾聽我的
甜美歌聲吟唱愛情，
讓長綠的濃密橡樹
俯身向我殷殷低語。

---

①這是萊蒙托夫最後詩篇之一，呈現他的
萬念皆空與悲涼情懷。

卡爾佐夫

Aleksey Vasilievich Koltsov

1809-1842

　　十九世紀三十年代俄國民謠詩歌因卡爾佐夫達至高峰。藝術化的俄國民謠詩歌可追溯至十八世紀，十九世紀二十年代又因德維豐富多采的俄羅斯歌謠而風行一時。這是非常生活化，極具俄羅斯純樸民風的歌謠；感情表述、圖象描繪、象徵手法都與純文學性的創作有極大差異；雖然並未完全回歸久遠年代的口傳民歌風貌，但其中的民俗精神生動而珍貴。

　　卡爾佐夫出身南俄，其父是唯利是圖的畜牧商人。童年時代開始，卡爾佐夫便一直生活在庸俗不堪的環境中，未能接受完整的學校教育，未能保護珍愛的戀人，三十三歲在無盡的折磨後猝逝。

　　卡爾佐夫奉父命到處販售畜牲，卻因強烈的求知慾望，孜孜不倦地閱讀各種文化和哲學書籍；年約十六，接觸了俄國古典詩與浪漫詩，為之陶醉，終日頌讀。二十歲開始，無師自通寫了許多詩，聊慰自己貧乏單調

的生活。一八三一年，作品偶然被也寫詩歌的莫斯科大學生斯坦克維茨 (N. Stankevich, 1813-40) 發現，推介給德維及別林斯基，在雜誌上刊載其詩，進一步獲得茹可夫斯基、普希金等大詩人鼓勵，迄至一八三八年，繼續寫了許多膾炙人口的民謠詩。

卡爾佐夫熟悉俄國農人的真實生活，親見黑麥在風中搖曳，農家老小在田中收刈；豔陽下，農人吆喝著瘦馬犂地；暮色中，凜冽的寒意覆蓋大地。這些純樸人民詠唱的歌謠，是卡爾佐夫不絕的靈感泉源。他以自然、直接、溫柔的感情，表露俄國人對自由天地的歌頌，對冒險犯難與遠方的嚮往。早期的浪漫曲兼有感傷情調和普希金式的優雅，他的民謠詩時常使用固定的辭彙和修飾語，形容詞的對比鮮明，詩句精短，節奏豐富多變，特別適合女性吟誦。

卡爾佐夫的情詩也豐盈美麗。他曾愛上家中女奴杜妮雅莎 (Dunyasha)，遭父母反對，把她暗地賣了，杜妮雅莎不久病逝，卡爾佐夫一輩子難忘傷痛，以許多首情詩記錄這段不幸的愛情。

卡爾佐夫多首作品經柯薩科夫、魯賓斯坦等音樂大師譜曲，成為家喻戶曉的名歌。這些音樂家認為，他的詩句有「震撼人心的感染力」。真誠樸實的文字，抒情

濃郁的感情，民歌風格的節奏為卡爾佐夫最重要的長處。

辛酸的命運　(1837)

如偶然出現的夜鶯，
青春已經遠逸，
如暴風中波濤，
歡樂飛鳴而去。

金光燦爛的歲月，
曾經有過，卻已消失；
年輕的力量
與軀體一同銷損。

因悲戚的思維，
血液在心中凝固；
曾經多麼深深愛過⋯⋯
一切都已改變。

如風搖撼著小草，
年輕人晃抖顫動；
寒冬襲面，
烈日灼身。

我耗竭心力
熬到此時，
藍色的外衣
從肩上脫落。

沒有愛，沒有幸福，
我在塵世漂泊；
與災難同行，
與憂愁相遇！

陡峭的山上
曾生長蒼綠橡樹；
如今那樹
已在山腳下腐朽。

路 (1839)

寬寬的路早已
橫臥在我面前。
我卻不曾想望
沿著這路遠行……

誰拉扯著我？
我難捨什麼？
為何直到今日
不願奔向遠處？

難道我註定
生來孤苦？
或是幸福盲目，
無理失去蹤影？

論年歲與鬚髮
我還年輕：
腦中許多智慧──
心中許多熾情！

密鎖珍藏
奴僕與財富：
倨傲的黑馬
已經馴服。

然而上路——坦白說——
我沒有意願：
為赴陌生之地
看不相識的人；

情願為了自己
時時面對災難，
命定的災禍下
沒有後退的路；

情願心懷憂愁，宴席上
帶著歡愉的笑容；
面對死亡——
高歌如鶯！

阿列克謝·康斯坦丁諾維奇·托爾斯泰

Aleksey Konstantinovich Tolstoy
1817-1875

　　詩人、小說家、劇作家。出生彼得堡古老的貴族家庭，年少時，因為舅舅的引導，對文學發生興趣，曾旅居西歐多年，並曾在俄羅斯駐德國法蘭克福代表處工作。一八四〇年返俄，開始於公餘之暇寫詩，但因當時文壇上詩歌的主流地位已漸為小說所取代，很少發表。一八五〇年代，與日姆楚茲尼科夫 (Zhemchuzhnikov) 家族的表兄弟共同以筆名科茲瑪·普魯特科夫 (Kozma Prutkov) 為著名的文學雜誌《同時代人》撰寫諷刺詩和寓言詩，是他創作最豐富的時期。

　　一八六一年退休，避居鄉間，寫下著名的詩劇三部曲《恐怖的伊凡之死》、《沙皇費多·伊凡諾維奇》、《沙皇鮑里斯》，並曾出版詩集。晚年飽受神經病痛之苦，一八七五年辭世。

除了比較短的情詩、抒情詩、諷刺詩、幽默短詩，阿列克謝・康斯坦丁諾維奇・托爾斯泰也寫長詩、敘事詩、戲劇和小說。

　　他對祖國懷抱熱愛，不盡滿意周遭的環境，但對政治沒有興趣，多以愛情、俄國大自然、對鄉園故土的眷戀為寫作主題；文字樸實，感情熱烈率真，語調親切，格律自由，有民歌的色調，但抒情優美。以歷史事件為背景的敘事詩，情節傳奇，人物性格鮮明，摘取了民間英雄歌謠的形式。柴可夫斯基等音樂家曾將他的數十首詩譜為歌曲，因此阿列克謝・康斯坦丁諾維奇・托爾斯泰迄今在俄國享有相當知名度。

我的風鈴草 (1840)

　　我的風鈴草，
原野上的花朵！
你的深藍花瓣，
為何張望著我？
在歡樂的五月天，
你叮噹唱著什麼？

在待割的草場間，
你為何搖晃不停？

開闊的原野上，
馬兒帶我奔馳如箭，
馬蹄踐踏著你，
急急飛奔而過。
我的風鈴草啊，
原野上的花朵，
你深藍的花瓣，
莫要把我詛咒！

我本不想把你踐踩，
寧願飛躍你的身旁，
但我拉不住韁繩，
牠奔馳桀驁難馴！
我飛，飛奔如箭，
揚起了塵土滿天，
剽悍的馬兒帶我，
不知將去向何方？

牠不曾受教
經驗老練的騎師，
不曾見識暴風雪，
成長在清靜草原；
而你的雕花鞍墊
也未閃耀如火焰，
我的馬兒啊，

　　　斯拉夫之馬！
你又狂野又倔強！

馬兒啊，與你同在
　　　又自由又暢快！
忘卻狹隘的世界，
我們全速飛奔，
朝向不知名的地方，
何處是我們的終點？
那裡有快樂？或是悲傷？
人類不能明白—
只有上蒼知道！

我的風鈴草啊，

原野上的花朵！
你的深藍花瓣
為何張望著我？
在歡樂的五月天，
你為什麼憂傷？
在待割的草場間，
你為何搖晃不停？

我的國土，我的故鄉　(1856)

我的國土，我的故鄉！
駿馬豪放奔馳的地方，
蒼鷹在高空成群喧喊，
豺狼嚎叫曠野上。

啊呀，我的故鄉！
啊，那兒有茂密的林，
午夜夜鶯的啼囀，
風、草原和雲彩。

雲雀的歌聲更加嘹亮　(1858)

雲雀的歌聲更加嘹亮，
春天的花朵更加燦爛，
心中洋溢靈感，
天空滿是斑斕。
掙脫了悲情的桎梏，
撕裂了往日的鎖鏈，

嶄新的生命滔滔湧現
歡騰鼓舞的潮浪，
新生力量的強勁精神
流瀉青春的音響，
彷若天地間
緊緊繃張的絲弦。

費特

Afanasy Afanasevich Fet
1820-1892

　　費特是純藝術性詩人，相信藝術是完美與歡樂的泉源，引導欣賞者超越悲傷；對愛情與大自然的歌頌最能表達這種美的感受，所以此二主張最常為他所歌頌。他對實體世界的直覺印象，借助視覺、聽覺、嗅覺及瞬間情緒的描繪，表達萬物特徵與人的內心狀態，並善於賦予自然界以生動的靈性，以之襯托人的感情。這些感情真摯強烈，常是非理性的，所呈現的浪漫具有濃厚的朦朧色澤，在十九世紀後半葉俄國寫實文壇上顯得十分特殊，被視為象徵主義詩歌的先驅。

　　費特原姓盛新（Shenshin），父親為俄國大地主，母親是已婚德國人，丈夫姓費特，認識盛新後，她逃家來到俄國。詩人出生時，父母尚未舉行婚禮，十四歲時，因教會干預，改用了母親前夫之姓──費特，後來雖經合法承認，恢復原姓，仍以費特為筆名。

　　一八四四年，費特畢業於莫斯科大學語文系。在

學期間便常在文學雜誌《莫斯科人》及《祖國紀事》上發表詩作。評論家別林斯基、作家果戈里皆盛讚他的才華，果戈里稱道他是「莫斯科城最具天賦的詩人」。一八四四至一八五三年間在南俄服役，與文藝界的接觸疏離。一八五三年調職禁衛軍團，有機會接近彼得堡文人，其中屠格涅夫（I. S. Turgenev）對他的鼓勵最多，並協助出版詩集。一八五八年起，他長年住在鄉間。當時小說當道，且批判性的社會思想流行，費特的夢幻式詩歌受到譏嘲。六十及七十年代甚少作品發表，八十年代初期才重拾舊情，並於一八八四年出版詩集《黃昏之火》。寫詩之餘，費特也是出色的譯者，翻譯了拉丁文與德文詩，包括歌德的《浮士德》。此外費特對哲學的興趣濃厚，曾譯叔本華的《意志與表象的世界》。哲學與詩歌同是他重要的精神食糧，寄託著詩人對理想境界的追求。

　　作為詩人，費特格調高雅，對美的捕捉細膩準確，音樂性強烈，旋律優美，使讀者油然滋生愉悅與嚮往之情，最受稱道。

幽怨的白樺　(1842)

幽怨的白樺
佇立窗前，
寒冬的奇想
裝扮著它。

如葡萄串串
高懸枝頭，——
喜見它
周身素雅。

我愛欣賞它身上
朝霞的嬉戲，
惋惜鳥兒抖落了
枝上的清麗。

這早晨，這歡喜　(1881)

這早晨，這歡喜，

這白晝和光的力，
　　　這藍色的天，
這啼鳴和隊形，
這群飛的鳥兒，
　　　這水的潺潺。

這柳枝和白樺，
這水滴——這淚珠，
　　　這絨毛——不是葉，
這山，這谷，
這蚊，這蜂，
　　　這尖叫和呼嘯。

這明燦的霞光，
這村夜的嘆息，
　　　這失眠的夜，
這床的昏暗燥熱，
這唧唧和啼鳴，
　　　這全是——春天。

涅克拉索夫

Nikolay Alekseyevich Nekrasov
1821-1878

　　涅克拉索夫是一八四〇至一八七〇年間俄國文壇上
最重要的詩人，是「庶民詩歌」的代表者。生於小地
主家庭，父親粗暴無知，母親賢淑，盡力教養子女，
涅克拉索夫在母親的保護下，順利完成中小學教育。
一八三八年中學畢業後，來到彼得堡，他想考大學，與
父親要他進士官學校的意見相左，被斷絕經濟資助，生
活陷入困境，大學考試落第，並為了糊口，努力向各文
學雜誌投稿。這段期間，他住在貧民窟，吃了許多苦，
對低階層百姓的悲慘命運印象深刻，形成後來作品中清
楚的社會意識。

　　四十年代中期，涅克拉索夫展現辦雜誌的才幹，先
後主持幾本文學雜誌都極成功，成為出版界風雲人物。
他的長處是，敏於捕捉文學脈動，找到最適當的人，寫
最熱門的話題。五十及六十年代正是俄國所謂民主主義
意識高漲的時期，許多作家在作品中反映社會現象和問

題，反對「純藝術」寫作，以詼諧、諷刺或更尖銳的筆調批判現況。涅克拉索夫發行的《當代人》（1847-1866）及負責主編的《祖國記事》（1868-1877）結合了多位當時十分積極的自由思想青年，其中有的後來被捕、被流放，雜誌也幾度遭警告和查封，涅克拉索夫卻能努力堅持自己的創作風格與雜誌的精神，誠然不易。

作為詩人，涅克拉索夫寫「人民的苦難」，但並不以旁觀者的同情姿態寫現實黑暗面，而是以自己身歷其境的方式直探社會悲劇；是寫實的，非抽象的，故詩中語言是庶民式的，其思維邏輯亦不同於一般抒情詩的主角人物，其中表現的「革命－民主精神」積極清楚，開俄文詩歌之先例。

孩童的哭泣　(1860)

冷漠聆聽死亡邊緣者
在生命的搏鬥中詛咒，──
弟兄們啊，你可曾聽見，
孩童的低泣與怨訴？

「當金色童年時代
人人應幸福地生活，
別急於從歡快的童年
奪走應有的歡喜和快樂。
只有我們不能散步
在原野上，在金黃的田地：
終日在工廠的機輪上
我們旋轉──旋轉──旋轉！──

鐵輪轉動，
隆隆地響，熏出熱風，
腦袋燒燙暈眩，
胸口急喘，天旋地轉：
呆滯老婦的紅鼻，
穿透鏡片注視我們，
牆上漫步的蒼蠅，
牆、窗、門、天花板，──
所有的人和物！我們陷入狂亂，
高喊：
──且慢，可怕的旋轉！
讓我們收聚鬆弛的記憶！──

哭叫和祈求全是枉然，
鐵輪不理睬不憐惜：
去死吧——邪惡的輪不停旋轉，
去死吧——呼呼——呼呼——呼呼！——
我們原該興高采烈，玩耍，跳躍，
卻在奴役中受盡折磨！
倘若釋放我們於原野，
我們將匍匐地上——沉睡。
我們將快快返鄉……
為什麼奔向那方？……
家的甜蜜尚未遺忘：
關懷和希望迎向我！
那裏，疲憊的頭依偎
憔悴老母的胸膛，
她為我為自己號啕，
哭得她肝腸寸斷……」

苦悶啊！沒有幸福與自由　(1868)

苦悶啊！沒有幸福與自由，
黑夜漫漫無盡頭，
何妨掀起風暴？
苦酒已滿溢杯口！

在大海漩渦上轟響吧，
在曠原和林中呼嘯，
把宇宙間的痛苦之杯
　　　　盡情潑灑！

繆斯啊！我在死亡門前！　(1877)

繆斯啊！我在死亡門前！
儘管我犯過許多錯，
任憑這錯誇大百倍，
我的錯只是人心的恨。
莫哭！我們的命運值得羨妒，
別人不能羞辱我們：

我和真誠的心靈間
有長久不能斷絕
活生生的血脈相連！
誰若目睹斑斑血傷
慘受鞭笞的繆斯而不愛憐，
他不是俄羅斯人……

索洛維約夫

Vladimir Sergeyevich Solovyov

1853-1900

　　十九世紀八十年代俄國知識界瀰漫實證主義思想，無論激進派或保守分子皆以辯證法為自己找出一套理論根據，他們都是「理想主義者」：冷血的或深度宗教性的。索洛維約夫屬於後者，並被認為是俄國第一位脫離斯拉夫正教傳統的宗教哲學家，一位神祕主義者。

　　他的父親謝爾蓋・索洛維約夫 (Sergey Michailovich Solovyov) 是知名的歷史學者，為莫斯科精英知識分子，索洛維約夫深受薰陶，從小聰慧過人。他畢業於莫斯科大學歷史/哲學系，二十一歲獲碩士學位，任莫大哲學講師，一八八二年獲博士學位，並轉至彼得堡大學任教。但不久便離開教職，專事寫作並出版雜誌。

　　索洛維約夫的宗教觀傾向羅馬，認為梵蒂岡教宗才是基督代言人，並自稱曾三次經歷神蹟，宣揚泛人類的無國界宗教，反對政治權威。作為詩人，他重視藝術美，但蘊含哲學與宗教思維，有強烈的象徵色彩，對二十世

紀的俄羅斯象徵主義詩歌，特別是年輕時期的布洛克影
響最多。

親愛的，難道你看不見　(1892)

親愛的，難道你看不見，
我們舉目所及
都只是迴光，只是投影，
來自雙眼不能見的？

親愛的，難道你聽不到，
生活的劈啪喧響
只是變形的回應，
來自得意洋洋的和鳴。

親愛的，難道你未察覺，
整個世界只有
只有一顆心對另一顆心
訴說無聲的祝福。

航向狂風的單桅船　(1899)

湖上驚悸的波浪喧嘩，
彷如海洋澎湃的狂濤。
不馴的自然力衝向某方，
與惡意的命運爭執不息。

須知花岡石的桎梏拂逆心意，
唯有安寧是不盡的歡喜。
最早的往日即將啟航，
盼望重新主宰大地。

衝擊吧，洶湧吧，狂狷的奴隸！
甘願為奴是無盡期的羞辱！
實現你的夢想，偉大的自然力──
所有肆意的浪花都將得到自由。

索洛古柏

Fyodor Sologub
1863-1927

　　二十世紀初期，以馬克思社會理論或實證主義為基礎的新現實主義者與傾向理想主義唯心哲學的象徵主義者同時活躍在俄國文壇上。前者試圖將激進的社會思想（或改造社會的責任）與藝文作品結合，象徵主義者則擴大關懷面，寄情於天地間，以抽象的象徵表達對生命的觀察。索洛古柏是其中頗具代表性的小說家和詩人。

　　索洛古柏原名 Fyodor Kuzmich Tetermikov，是一位出身低階層（父為鞋匠、母親以幫傭維生），終能力爭上游，成為文化人的思想者。他的小說常以「死亡」為主題，小說主角的個性錯綜複雜，甚至接近病態，故事內容往往涉及自殺、謀殺或意外死亡，索洛古柏因此常被稱為「死亡作家」。但他並不以死為終結，書中人物往往對死懷抱嚮往，視之為新生命的開始。詩歌多半精短，表達極端敏感的心靈，悲觀而具有深度宗教性，是對邪惡意念、冷酷感情、扭曲情緒的反映。他恨生命，

嚮往死亡，上帝卻創造生命，所以是人類之敵，撒旦為
死亡之神，所以是人類之友。這種奇異的思想，使許多
讀者覺得難以理解。

至福屬於啜取清醒之水者 ① (1894)

至福屬於啜取清醒之水者，
屬於靜止之河的冰涼獻禮者，
屬於永不沉醉於
葡萄美酒的暢飲者。
卻熟知濺起飛沫
刺骨急流的蓬勃樂趣者，
遂迎向它們的甜蜜
與溫柔泡沫的吻。

至福屬於不識自然幽祕
卻平安入睡者，……
至福屬於空氣、雲彩、流水，
至福屬於大理石與花崗岩。
那意識之火燃點處

流溢著惡毒的渴求，

糾纏著無翼的願望

與不能實現的夢想。

<hr>

①作者認為真正的幸福是像空氣、雲、水
那樣自由自在，無所欲求，在俗世慾望
的濁流中保持清醒的人。

我做了一個惡夢 ① (1895)

我做了一個惡夢，

彷彿重新

來到人間

開始生長，

於是一再重覆

世間多餘的秩序，

從天藍的童真

到灰白的晚年。

我哭泣我笑，

遊戲，傷愁，
虛弱地振作，
無助地尋覓……

擁抱夢想，
嚮往崇高事蹟……
然而，因弟兄訕笑
再度詛咒命運。

煎熬中我發現
某一種慰藉，
於是，死亡彼端的漆黑
吸引受創的眼神。

於是，在遠路盡處
我開始死去，……
卻聽見殘酷的判令：
「起來，重新生活！」

---

①此詩及下兩首皆表達了作者對死亡的歌
　頌與對生命的否定。

我是神祕的世界之神　(1896)

我是神祕的世界之神，
世界全在我的夢幻裡。
我不為自己雕塑神像，
不在凡塵也不在天上。

不向任何人揭露
我的神聖本質。
辛勤工作如奴隸，但為自由
我呼喚夜、平靜與黑暗。

當我航行洶湧的海上　(1902)

當我航行洶湧的海上，
船隻沉向海底，
我疾聲呼喊：「父啊，魔鬼啊，
拯救我，憐憫我吧！……我將沉沒。

別讓我憤恨的心靈

在大限前毀滅，……
我那殘餘的黑暗歲月，
交付陰森惡勢力。」

魔鬼把我攫住，拋入
半腐朽的小舟。
我在舟中找到幾隻槳，
灰色的帆和一張板凳。

於是我重抵陸地，
重返病懨懨的邪惡生活，
和墮落的靈魂
和罪孽的軀體。

我忠於，父啊，魔鬼啊，
災難時刻宣告的誓言，
當我航行洶湧的海上，
當你拯救我自深淵。

我的父，我頌揚你，
譴責不公義的白晝，

我高舉羞辱於世上，
並蠱惑地誘惑著。

親愛的上帝，我的生命是祢的錯誤 ① (1912)

親愛的上帝，我的生命是祢的錯誤，
祢不該如此塑造了我。
難道可以將靈魂微笑的人
創作成為狂犬的夥伴？

我不願辱罵祢的規劃，
想著：「試做一隻狗吧。」
於是學會吠叫，
甚至習慣對月嗥號。

親愛的上帝，那對我真難。
做狗我的力量不夠。
請想想：我會是怎樣的看門犬！
我愛藝術，是個詩人。

①作為詩人，作為藝術愛好者，索洛古柏
不能認同世上的「庸俗者」，對造物主
提出抗議。

索洛古柏詩集《蛇》的書封，
1907 年版，蛇象徵惡的誘
惑，這正是他作品所探討的
中心課題之一。

巴爾蒙特

Konstantin Dmitrievich Balmont
1867-1943

　　生於富裕的地主之家，曾為莫斯科大學法律系學生，
因熱中政治被開除，轉學雅羅斯拉夫大學，順利畢業，
並逐漸脫離對激進活動的興趣。一八九〇年起陸續出版
詩集，其中《北方天空下》(1894)、《寧靜》(1898)、《燃
燒的樓房》(1900)、《讓我們像太陽》(1903) 收集了許多
他的最佳作品，為俄國早期象徵詩歌代表作。一九〇二
至一九一五年間常在國外，廣覽西方文學，特別是早期
的古典詩，並譯介為俄文。十月革命事起，對布爾什維
克黨人的暴力作風甚不以為然，一九二〇年移民法國，
從此不歸。

　　巴爾蒙特非常重視音調與韻律，文字精美，力求表
現諧和與音樂感，令讀者的聽覺為之驚奇。他喜愛抽象
及隱喻性的字眼，也常將形容詞當名詞使用，並常省略
動詞，把名詞串連在一起，增加詩意的氣氛。對不朽的
嚮往，對至善至美的追求，是巴爾蒙特偏愛的主題，情

緒卻古典優雅。換句話說，他在詩中吐露夢想，但致力
表現高貴心靈的冷靜，有一種非俗世的神祕。

水底植物　(1894)

海底深處水底植物
伸展著蒼白的枝葉
並延引生長如幽靈
於朦朧陰沉的靜寂。

孤獨的靜謐勞頓著它們，
無名的高處世界誘惑著。
它們翹首愛、光、波動，
夢想芬芳的花朵。

無路導向光與奮鬥，
周遭冰涼之水沉默，
只見鯊魚偶然游過。

無光無聲無問候，

海浪從上方飄來
舟隻殘骸和屍首。

此地和彼處　(1929)

此地是喧囂的巴黎，反覆的琴
奏鳴著似新卻眾人皆知的老調。
　　而彼處江河之緣是勿忘草，
　　密林中有久久渴望的珍寶。

此地是話語和榮光的漩渦與聲響，
駕御靈魂的卻是一隻蝙蝠。
　　彼處芬芳花蕾間有沼澤草，
　　無邊的田野，深沉的寂靜。

此地是錙銖必較的理性，
才見深谷，他便低語：「填平它」。
　　彼處是曼陀羅之毒與蠱惑；
　　沼澤裡嗚咽不祥的大麻鳥。

此地對撒旦與上帝恭謹冷漠，
引導通向塵世星辰之路。
　懇求你，至上者，為我開路，
　好讓我至少死後到達渴望的彼處。

濟比尤絲
Zinaida Nikolayevna Gippius
1869-1945

　　她是著名文學評論家與思想家梅列日科夫斯基 (D. S. Merezhkovsky, 1865-1941) 之妻，也是他文學理念的忠實伴侶。濟比尤絲具有敏銳的智慧、成熟的思想深度與細膩的感覺，是俄國文壇上罕見的才女。

　　濟比尤絲多才多藝、能詩能文，也寫戲劇和文學評論，曾出版中短篇小說集、長篇小說、劇本及詩集，都有深刻的思想探索。杜斯妥也夫斯基的宗教哲學及人性矛盾觀常反映在她的詩歌與小說中，寫兩種對立情緒：渴望愛、但不能愛；渴望相信、但無法相信。這種衝突與矛盾的描寫，使其作品有濃厚的象徵意味。

　　一九一九年，濟比尤絲隨夫移居巴黎，成為俄國流亡作家中最受矚目的女詩人。她在「人類命運、愛、死亡」三大主題下，以冷靜的筆調寫心理的靈敏反應與哲學性的內省，常能引人深思。

歌 (1893)

我的窗在高高的地面上，
　　　在高高的地面上。
只看見天空和黃昏霞彩，
　　　和黃昏霞彩。

天空顯得空曠而蒼白，
　　　如此空曠而蒼白……
它不憐惜不幸的心，
　　　我不幸的心。

唉，我極度悲傷就要死去，
　　　我就要死去。
竭力渴求不明白的謎，
　　　不明白的謎……

不知這願望來自何處，
　　　它來自何處，
但心靈盼望祈求奇蹟，
　　　奇蹟！

啊，願一切美夢成真，
　　　美夢成真！
蒼天許諾我以神奇，
　　　它許諾我，

但我欲哭無淚為虛妄的諾言，
　　　為虛妄的諾言……
我的需要世上沒有，
　　　世上沒有。

書上題字　(1896)

我愛抽象的概念：
以抽象創作生命……
我愛所有的孤獨，
所有的朦朧。

我是神祕奇特
之夢的奴婢……

追求卓越唯一的言詞，
不能明白世俗的話語……

吶喊　(1896)

我因勞頓疲累，
　　受傷的心滿是血痕……
難道沒有同情，
　　難道沒有愛憐？

我們充滿嚴酷的意志，
　　沉默如無聲陰影，
在絕情的道路上行進，
　　不知將去向哪裡。

生命重擔、十字架的負荷
　　漸行漸重……
全然陌生的終結
　　等在永遠緊閉的門前。

沒有牢騷、沒有驚訝
　　　我們行上帝旨意。
祂創造我們不帶熱情，
　　　然後不能愛我們。

我們跌落，軟弱的一群，
　　　無力信奉奇蹟，
盲目的天如覆墓石
　　　從上向下壓擠。

乾杯　(1901)

失敗，我歡迎你，
成功，我也熱愛；
驕傲深處是溫順，
快樂與痛苦並存。

清朗之夜的靜寂中，
寧靜水面漫步著霧；
極端冷酷中有無盡的溫柔，

天國正義裡有上帝的欺騙。

我愛我無限的絕望，
我們被賦予最後一滴希望。
我明白只一事可靠：
飲盡你的生命之杯──乾杯！

濟比尤絲著男裝照，1897
年。她嚮往男性的形象，
除了喜歡穿男裝，也取了
好幾個男性的筆名（最著
名的是安東·克萊尼），
而且詩中的主角「我」也
多出自男性角度。

布寧

Ivan Alekseyevich Bunin
1870-1953

　　出身古老的地主家庭，家族中多人愛好文學，布寧
從小受普希金等浪漫詩人作品的薰陶，繼承了茹可夫斯
基、普希金、萊蒙托夫、裘契夫等人寫景抒情，真摯優
雅的傳統，描寫俄羅斯大自然與農村生活，詩情畫意
而饒具古風，被譽為蘇聯時代最具典雅品味的作家。
一九三三年獲諾貝爾文學獎，為俄國第一位獲此殊榮的
作家。

　　布寧寫詩，也寫小說。一八八九年起便陸續出版詩
集，一九○三年以長詩〈葉落時節〉獲普希金獎，成為
甚受矚目的詩壇新秀。他曾旅行希臘、土耳其、巴勒斯
坦、埃及、印度，對佛教的「圓寂」與輪迴生死觀特別
感覺神祕與好奇，常在其詩與小說中表達類似的頓悟：
客觀面對生命的存在和消逝，認為死亡是無意義、無價
值的生命的解脫。

　　布寧對沙皇帝國的社會現象十分失望，但共產黨的

暴力革命亦不能得他認同，一九一八年避居克里米亞，兩年後流亡至巴黎，繼續勤於寫作，一九五三年病逝異鄉。一九五四年起，因史達林死後文藝界長期受箝制的氣氛逐漸鬆弛，布寧的作品獲准在俄國發行，立刻獲得讀者廣泛迴響。

　　布寧的文字簡潔典雅，結構完美，對物對事都觀察入微，精確描繪，情緒冷靜，意境深遠。

最後一隻野蜂　(1910)

黑絲絨似的野蜂，金黃的羽肩，
吟詠之弦淒鬱鳴嗡，
你為何飛入人煙的住所，
彷彿要與我分憂？

窗外暑陽酷熱，窗台灼目，
生命的末日恬靜炎熱，
飛去吧，——在枯蔥間歌唱，
在紅枕上入眠。

你不需知曉人類的思索，
你瞧田地早已荒蕪，
陰冷的風就要吹入草叢，
吹落野蜂枯黃的住所。

山中 (1916)

朦朧詩興，言語難以表明：
恰如這荒野坡地令我激動。
石礫空谷，羊群入圈，
牧人的營火和山間的氤氳！

懷著異常的不安和喜悅，
難受地（對我）說：「回去，轉身回去！」
煙如甜蜜的芳香，向我襲來，
於是既欣慕又困惑地我急急離去。

詩不在此，絕不在此，不是陽光
召喚詩意，它在文化遺產裡。
遺產愈豐，我愈是大詩人。

我察覺朦朧的足跡，

先祖遠古初期承續的足跡，

告訴自己：世上多少靈魂和時代都在詩裡！

布寧在 1901 年出版的詩集《葉落時節》書封，當時他請求契訶夫推薦此作參賽普希金獎（帝俄時期最重要的文學獎），1903 年此詩集獲得該獎，評審稱讚布寧特有一套「完美、生動、個人獨有的語言」。

布留索夫

Valery Yakovlevich Bryusov
1873-1924

　　布留索夫是重要的象徵主義作家。一八九四年至
九五年間出版三小冊詩集《俄羅斯象徵主義者》，為俄
國象徵詩歌開啟序幕。一九〇〇年至一九一二年間，象
徵主義成為俄國文壇主流，布留索夫是其中主要代表。
但有別於許多強調哲學寓意的象徵詩人（如別雷、布洛
克、伊凡諾夫），布留索夫傾向審美的表現，只重視文
字技巧、辭句結構與音韻效果；有時也會使用有「重大
意義」的字眼，目的亦僅在加強詩意的效果。

　　布留索夫曾譯許多法文象徵詩歌，受法國詩人波特
萊爾（C. P. Baudelaire, 1821-1861）、魏爾倫（P. Verlaine,
1844-1896）、馬拉梅（S. Mallarmé, 1842-1898）及比利
時法語詩人維爾哈倫（E. Verhaeren, 1855-1916）影響最
多。他的詩因此一直有法國色彩，比較莊嚴而華麗。

真想在神祕的喜悅中長眠　(1898)

真想在神祕的喜悅中長眠，
　　當月兒昇起。
幽隱之夢的暗影
　　籠罩在奇異的甜蜜裡。

我忠於無邊無際的遠方，
　　那裡光與聲漸漸暗淡，
拋棄熟悉的周遭
　　重覆的詞句和思想。

心疼痛地跨越
　　認知與遺憾的界線，
在永恆的深淵，
　　永不疲乏飄游向前向前。

而夢之幽靈仍將
　　籠罩在新的奇異甜蜜裡⋯⋯
真想在神祕的喜悅中長眠，
　　當月兒昇起。

別雷

Andrei Bely

1880-1934

　　別雷是筆名，他原名 Boris Nikolayevich Bulgaev。大學時代學數學與語言學，是位幻想力豐富、對抽象問題特別感興趣，具有濃厚神祕色彩的象徵主義詩人。別雷認為人有可能與靈魂世界直接接觸，並偏愛果戈里、杜斯妥也夫斯基、索洛維約夫、尼采的唯心哲學觀與宗教觀，卻又認為共黨革命是俄國的新希望。他希望在時代變遷與東西文化差異中尋求個人與俄羅斯命運的新立足點，尋找人類的新真理。

　　別雷寫詩也寫小說，都將現實與幻想混合，用字大膽、直覺勝於理性邏輯，並強調藝術化的結構與音韻，是最具影響力的第二代象徵主義作家。

我的話　(1901)

我的話——是珍珠噴泉
在月下夢中，沒有意義，
只有泡沫，——
像任性的鳥兒飛翔，
在霧中穿梭。

我的幻想——是輕嘆的謊言，
淚水凝結的冰河，熾燃的夕陽，——
瘋狂的巨人，
向著侏儒呼嘯。

我的愛——是憂傷的呼喚，
剛出聲便不知飛向何方，——
是朦朧迷人的夢，
曾經在哪兒見過。

山上 (1903)

群山戴著新娘花冠。
我歡喜，我正年輕。
在這山嶺之上
領受純淨的風寒。

瞧，朝向我
白髮駝翁緩緩登上了山崖。
為我帶來一份禮，
採自地下溫室的菠蘿。

他在紫紅豔陽下起舞，
歌頌天空的湛藍。
絡腮鬍鬚揚起
銀色風雪似的旋風。

他放聲唱起
男低音。
把菠蘿
拋向天空。

劃出一道彩虹，
照亮周遭的地方，
菠蘿閃耀，隨即
不知落到何方。

它輻射金色露珠
如串串金幣一般。
山下人們說：
「這是火紅太陽的圓盤……」

金色火焰的噴泉
叮叮噹噹向下飛灑，
刷洗那山崖峭岩──
露珠泛著紅光
彷彿水晶一樣。

我把酒杯斟滿，
悄悄走近駝翁身旁，
把閃著泡沫的酒
潑淋在他身上。

祖國　(1908)

一樣的露水，一樣的斜坡和霧，
雜草上的紅紅旭日，
原野轉寒的蕭颯，
還有那飢餓的庶民。

自由與遼闊中——是奴役。
而我們幽暗嚴酷的祖國，
從冰冷的曠原
向著我們高喊：「去死吧——

追隨所有死亡的人……」你聽著
致命的威脅：——
傾聽絕望的哀號，
苦澀、怨尤、淚水的呼喚。

一樣的呼喚隨風而來，
一樣貪婪的死亡
在坡上狂舞鐮刀，
刈伐那成群的人。

宿命的、冷酷的祖國，
為嚴酷命運詛咒的──
俄羅斯母親，啊，不幸的祖國，
誰如此戲弄了你？

致祖國　(1917)

號啕吧，狂風暴雨，
在轟隆的火柱裡！
俄羅斯，俄羅斯，俄羅斯，──
瘋狂吧，燃燒我！

向妳致命的崩塌中，
在妳荒涼的深處，──
飛去展翅的精靈，
所有輝煌的夢想。

莫哭泣：屈下雙膝，
朝向──狂颺的火燄，

天使聖樂的雷動，
宇宙歲月的湍流！

恥辱的乾枯荒漠，
大海流不出的淚──
以無語的目光
同行的基督溫暖我。

但願空中──土星的光環，
乳白的銀河，──
都猛烈沸騰出磷光，
還有火紅的地心！

還有你，熾烈的詩篇，
瘋狂吧，燃燒我，
俄羅斯，俄羅斯，俄羅斯，──
未來歲月的默西亞！

布洛克

Aleksandr Aleksandrovich Blok
1880-1921

　　布洛克是俄國最傑出的象徵主義詩人。他出身書香門第，父親是大學教授，外祖父曾任彼得堡大學校長，從小深受文化薰陶，年輕時喜愛茹可夫斯基的浪漫詩歌，後來認識索洛維約夫的神祕宗教哲學，從此將具體的形象與幻想化的精神融合，成為象徵詩壇健將。

　　布洛克詩中有細緻的音樂神韻和生動的幻象。他的第一本詩集《美女詩篇》（1905）中的「美女」既是實際生活中的心儀對象，也是索洛維約夫宗教理想中的女神：女神下降塵世，不僅散發光華的形象，也表達作者對宗教力量的信念與期待。類似的形象對比強化詩人內在的敏感與緊張，他的詩歌充滿躁動不安的激情、極端的興奮與悲哀；詩中的音韻活潑，常跳脫俄詩的格律常規。此外，與許多俄國作家一樣，他經常抒寫至為深切的祖國愛，甚至賦予俄國及俄羅斯思想拯救世界的「基督形象」，都為俄國象徵主義文學作了高度發揮。

上蒼不能以理性測量　(1901)

上蒼不能以理性測量，
藍天隱藏在智慧之外。
只偶爾六翼天使帶給
世間特選者神聖之夢。

俄羅斯女神在我夢裡出現，
她披覆著厚重長衫，
純潔而沉靜，不盡的悲愁，
面容中——安詳的夢。

她並非初次下降凡塵，
卻是第一次簇擁著
不是那些勇士，而是其他英雄⋯⋯
深眸中光澤奇異⋯⋯

俄羅斯　(1908)

又是，彷彿在黃金年代，
拖動破舊套繩的三頭馬車，
五彩的木輪陷入
鬆動車道⋯⋯

俄羅斯，貧窮的俄羅斯啊，
妳的晦暗農舍，
妳的風中歌聲──
恰似我的初戀之淚！

我不善憐惜妳，
只能背起十字架⋯⋯
隨妳把粗獷美色
交付給巫術師！

盡管他誘惑欺騙，──
妳不隱沒，不消失，
只是憂愁遮掩了
妳的嬌容⋯⋯

那又怎樣？惟有愁更多——
惟有淚河更洶湧，
而妳依舊——森林、曠野，
花巾覆上秀眉……

於是萬難盡去，
長路輕盈。
而路的那端，
花巾下秋水盈盈，
而車夫的蒼涼之歌，
唱著囚犯的悲情。

啊，我願瘋狂地活下去！　(1914)

啊，我願瘋狂地活下去！
讓真實的永遠保存，
讓非人的呈現人性，
讓未實現的化為現實。

縱使生活的沉夢令人窒息，

縱使我在這夢中氣喘吁吁，
也許會有快樂青年
未來將我提起：

原諒他的憂鬱吧——難道
這不是他潛在的動力？
他是善與光之子，
他是自由的勝利！

赫列布尼科夫

Velimir Khlebnikov

1885-1922

　　約一九一○至二○年間，以赫列布尼科夫(原名
Viktor Vladimirovich Khlebnikov)為首的一批年輕詩人自
稱未來主義者，以特別的姿態出現俄國文壇。他們反對
象徵主義的神祕性與思想哲學性，認為詩是自由獨立的
個體，與任何傳統、任何哲學無關；視文字為生命之物，
嘗試進行「字的實驗」，研究俄文的字與文法來源，然
後將單字加上前綴，變化字尾，或將兩字組合成一個新
字，賦予新的意義。探索字源的同時，他們也從久遠的
世界中覓取生命與文化的根源，所以這些新字組成的詩
歌不僅使俄詩的音律形式產生大幅度變化，也組成了一
個新世界—— 一個有生命的文字世界。以赫列布尼科夫
為例，這種特殊寫法，限制了他的讀者範圍，除了詩人
和語言學家，幾乎沒有人讀他的這類作品。詩人認為他
的學說具有深刻道理，發掘了俄詩新變化的可能性；語
言學家認為他是語言大師，深知語言的文化活動性，並

將此活動性表現出來。同時代俄國另一位重要詩人孟德斯丹曾對赫列布尼科夫的「新詩」作精要評析：「赫列布尼科夫不知何謂『同時代人』，他是整部歷史的一員，歸屬完整的語言系統與詩韻文學。……他不只是寫詩或韻文，他寫的是巨幅古俄羅斯畫冊與祈禱書，以千百年來的創作為根源。」

馬將死時 (1913)

馬將死時——喘息，
草將死時——乾枯，
星將死時——熄滅，
人將死時——唱歌。

歲月 (1915)

歲月、一切
亙久奔跑不停，
如湍湍水流。

大自然善變的鏡面裡，
星星——是網，魚——是我們，
眾神——是黑暗的幽靈。

赤裸裸的自由來了　(1917)

赤裸裸的自由來了，
向著心靈拋撒鮮花，
而我們，與她齊步同行，
與天空對話，稱呼她「你」。
我們，戰士，威屬地
手擊堅硬的盾：
願人民成為國君，
永遠，永遠，這裡那裡！
讓少女在窗下歌唱吧！
曲中頌詠遠古的戰爭，
頌詠太陽的忠誠者，——
頌詠專制獨裁者的庶民。

我的需要很少　(1922)

我的需要很少！
一小塊麵包，
一小滴牛奶。
和這天空，
和這雲彩！

赫列布尼科夫自畫像。

茨薇塔耶娃

Marina Ivanovna Tsvetaeva

1892-1941

　　她與阿赫瑪托娃並列為俄國最有才華的女詩人。父親是莫斯科大學教授，母親為鋼琴家，十八歲出版第一本詩集，熱情洋溢、辭藻迷人。因為不能認同共產黨，一九二二年離開俄國，在布拉格居住三年後，前赴巴黎。在巴黎流亡俄人圈中，卻因個性孤傲，與其他俄國人逐漸疏離。

　　一九三九年返莫斯科不久，其夫即被槍決，女兒入獄，她的理想與希望完全破滅，一九四一年自縊身亡。

　　茨薇塔耶娃常以愛情、死亡為主題，以十分活潑多變的意象和韻律帶領讀者走入敏感的精神世界。她的精神世界多情卻孤獨，高尚堅毅卻敏感絕望。

你走來 (1913)

你走來，與我相似，
低垂著你的雙眼。
我也曾這樣俯視！
過路人啊，請停一停！

且先採集一把罌粟，
然後把碑文讀一讀，
便知道我叫瑪琳娜，
曾經活過多少歲數。

別想著此地是墳墓，
以為我的出現恐怖——
我曾經過份愛笑，
在不該笑的時候。——

鮮血曾湧流我的肌膚，
卷髮曾隨風飄拂……
我也曾生活，過路人啊！
過路人，請停一停腳步！

請為自己折根細枝，
然後採些許野漿果，──
墓地上的草莓
最碩大最可口。

只是你別淒然地佇立，
莫要把頭低垂在胸口，
請淡淡地想我，
淡淡地忘了我。

陽光照耀你多麼燦爛！
你全身籠罩金色粉彩──
我的聲音從地底傳來，
但願別驚動你的心懷。

我的詩寫得那樣早　(1913)

我的詩寫得那樣早，
連我都不知自己是詩人，

詩情洶湧如噴泉飛沫，
如爆竹焰火。

如潛入聖殿的小鬼，
那裏繚繞夢與薰香，
我的詩歌詠青春與死亡
——無人誦讀的詩篇！——

散落在書店的塵灰裏，
不曾有人購買！
我的詩如佳釀美酒，
終將受人鍾愛。

心靈與名字 ① (1913)

當舞會綻放著光彩，
心靈便不能安眠。
但上帝給了我另一芳名：
它叫大海，大海！

華爾滋的迴旋中，輕輕嘆息裡，
我不能將憂傷忘懷。
上帝給了我一些幻影：
那是大海，大海！

迷人的大廳高歌著光彩，
唱著、喚著、閃爍著。
但上帝給了我另一心靈：
它是大海，大海！

①茨薇塔耶娃名瑪琳娜 (Marina)，俄文原
　意為海景，作者以此形容自己別有天地
　的心靈。

我知道我將在天色朦朧中死去！　(1920)

我知道我將在天色朦朧中死去！
但兩者中的那一個——不能預約決定！
啊！但願我的火炬兩次熄滅！
同時在晨曦中和夕陽裡！

我步履輕盈走過大地！──天國之女！
穿戴綴滿玫瑰的圍裙！──不傷任何蓓蕾！
我知道我將在天色朦朧中死去！──
上帝將不遣蒼鷹之夜給我天鵝般的心靈！

以纖纖之手指向尚未親吻的十字架，
我將衝向慷慨的天空致最後問語，
天光的缺口──回應之笑的展露⋯⋯
──臨死的呃嗝中我將仍是詩人！

祖國 (1932)

啊，艱深的語言！
真希望能理解──
農人在我之前已唱過：
「俄羅斯，我的祖國！」

但從卡盧加丘陵 ① 起
她便向我展現──
遠方，遙遠的土地，

異鄉啊，我的祖國！

與痛苦一般天生註定的遠方
是祖國，也是惡運，
無論到那裡，無論遠近，
我要把她整個帶在身上！

化咫尺為天涯的遠方，
說著「回家吧！」的遠方，
到處──直到高高的星辰──
攝取我的形影！

為此，我在額上潑灑
比水更藍的遠方。
妳啊！縱使我截去這手，
即便一雙！也要以唇寫在
斷頭台上：那紛紛擾擾的地方──
是我的驕傲，我的祖國！

①寫此詩時，作者在巴黎。她以莫斯科西
南方的卡盧加丘陵喻出生地莫斯科，遙
想祖國。

瑪亞科夫斯基

Vladimir Vladimirovich Mayakovsky
1893-1930

　　出身喬治亞沒落的貴族家庭，一九〇六年遷居莫斯科，中學時期便參加地下革命組織，一九〇八年成為社會民主工人黨黨員，此後兩年間三次被捕，出獄後脫黨，專心奉獻社會主義藝術，成為未來主義詩人。未來主義因為他的影響力與革命後的政府發生密切關係，在蘇聯文學前十年歷史中占有重要地位。

　　瑪亞科夫斯基以「革命鼓手」自許，在詩歌、戲劇及文章中歌頌共產主義，抨擊「社會主義敵人」，但亦對新政府及黨內的官僚作風甚表不滿，嚴厲批判，為此樹敵不少。其詩標榜創新，拒絕傳統的重音音節詩律，有意不完全押韻或無韻如口語，詩句長短不一，用字常粗俗、誇張，使用造作難懂的譬喻，常令讀者感覺難解，但他仍是革命後少數備受當局尊崇的作家。二〇年代後期因個性狂狷，遭致愈來愈多非議，意志消沉，又因感情失意，一九三〇年自殺。

因為疲倦　(1914)

大地啊！
讓我以唇上異國鑲金的斑點片片
親吻你漸禿的額頭。
讓我以錫眼烈焰上空如髮的煙霧
纏繞沼澤塌陷的胸脯。
你啊！我們倆
被扁角鹿刺傷追逐，
死亡駕馭的馬高聲嘶鳴，
煙霧自屋後以長手追逐我們，
烈火中腐朽的殘渣激怒雙眼。
姊妹啊！
養老院裡奔忙一生的人群中
也許，可以尋獲我的母親；
我扔給她被歌聲染得血跡斑斑的角。
溝渠，綠色的暗探，
沿著原野滑滾，青蛙呱呱鳴叫，
以泥濘道路的絞繩
困縛我們。

請聽我說！　(1914)

請聽我說！
當星星亮起，
難道不是──有人需要？
難道不是──有人希望它存在？
難道不是──有人稱此唾液為珍珠？

於是，嘶喊著，
正午塵灰拂掃中
衝向上帝，
唯恐太遲。
哭著，
親吻祂多筋的手，
祈求──
無論如何要有星星！──
宣誓──
難忍沒有星星的折磨！
然後
慌張地行進
卻強裝鎮靜。

對某人說：
「難道你無所謂？
不恐懼？
真的？」

請聽我說！
當星星
亮起，
難道不是——有人需要？
難道不是——必要？
好讓每個夜晚
每個屋頂上空
至少點亮一顆星？

葉謝寧

Sergey Aleksandrovich Yesenin

1895-1925

　　出身農家、有鄉村詩人之譽。鄉村沃野、農民生活及宗教傳統培養了他樸素清新、敦厚熱情的風格。葉謝寧十五歲左右開始專注於詩歌寫作，早期詩篇多短小輕快，富濃厚民歌風情；寫農村繁重卻單純知足的勞動生活與對俄羅斯土地深沉的愛，反映真實生活的多樣內容與對美好未來的幻想，有喜悅也有憂傷。

　　一九一七年，二月革命發生，葉謝寧與許多文人一樣，也曾寄望建立新的農人祖國，一個肉體與精神都更有尊嚴的生存之地，在一九一七年後的多首詩中謳歌此理想。但一九一八至一九二〇年間，俄國大局未定，社會混亂，農村文化與農人自由飽受殘害，葉謝寧傷感農村俄羅斯面臨末日，陷入困惑迷惘的情緒低潮，導致第一次婚姻破裂。一九二二至二三年，與美國舞蹈家鄧肯（Isadora Duncan, 1877-1927）締結短暫姻緣。鄧肯年長葉謝寧十八歲，雙方語言不通，卻一見鍾情。葉謝寧隨

鄧肯遊歷歐美，對西方文明不無嚮往，並感懷流亡俄人的悲劇命運，筆鋒轉向辛辣。一九二五年，葉謝寧再婚，對象是文豪列夫‧托爾斯泰（Lev Tolstoy）的孫女索菲雅，婚後生活並不美滿。同年十二月底，詩人自縊身亡。

我是鄉村最後的詩人 (1920)

我是鄉村最後的詩人，
歌中謙卑吟詠木橋①。
我參與離別的彌撒，
白樺樹葉撩撥著薰香。

以軀體之蠟點燃的燭，
將燃盡於金色的火苗，
而月亮的木製時鐘
將敲響我的第十二點②。

天藍田野小道上
不久將出現鐵的客人③。
他漆黑的手將收走

罩滿霞彩的燕麥莖。

這些無生命異類的手掌，
它們使這些歌難以生存！
只有那麥穗如駿馬
將為舊日的主人悲愁。

風兒將吞沒馬兒的嘶鳴，
當它跳著安魂彌撒之舞。
快了，快了，這木鐘
將敲響我的第十二點！

---

①蘇聯初期積極推動科技建設，許多木橋為
　鐵橋所取代，葉謝寧憂慮鄉村之美不再。
②指生命的最後時刻，暗喻他願與鄉村共存亡。
③指火車，科技的代表。

如今我們漸漸離去 ① (1924)

如今我們漸漸離去
走向寧靜與神賜的國度。

也許我應快快收拾
易朽的行囊走上路。

心中的白樺密林啊！
你，大地！還有你，沙原！
在即將離去的人群前
我無力掩飾掛念。

我太愛這個世界上
賦靈魂以血肉的一切。
祝福山楊伸展枝葉，
它出神俯望嫩紅水面。

寂靜中我細細思量，
編寫許多自詠的歌，
在這難堪的人世間
因呼吸與生活快樂。

我曾因親吻女人歡喜，
揉搓花朵，草上翻滾。
一如對待我的小兄弟，

從不曾敲打動物的頭。

我知道那裡密林不開花，
黑麥如天鵝細頸無聲息。
在即將離去的人群前，
我因此總是不寒而慄。

我知道那國度裡將沒有
煙霧中金光輝耀的田地。
對與我同活在世上的人，
我因此總感覺份外珍惜。

---

①葉謝寧因一位好友猝逝，至為傷感，寫
　下此詩。詩中幾處「離去」皆指離開人
　世。他認為自己也即將上路，走向另一
　世界。

金色的叢林不再說話　(1924)

金色的叢林不再說話，
沒有白樺歡快的語言，

鶴群滿懷憂傷地飛去，
對誰都不再殷殷愛憐。

愛憐誰啊？人人都是世間旅客——
來來去去，又要拋棄家門。
伴著淡藍池塘上的滿月，
大麻田恬想所有遠走的人。

我孤立光禿平野中央，
風兒把鶴群帶向遠方。
我滿腹心思遙想年少，
但毫不悵惘過往時光。

我不悔憾蹉跎的年華，
不惋惜心頭的丁香花。
園中燃燒紅紅的花楸，
不能溫暖誰人的心房。

花楸的穗不會燒焦，
黃色的草不會消失，
如樹木悄聲落葉，

我吐露悲傷的話。

倘若時光奔馳如風，
把話聚成廢物一團……
告訴它：金色叢林
不再訴說可愛的話。

小林、草原和遠方 **(1925)**

小林、草原和遠方，
月光灑遍每個角落上。
你聽那小小鈴鐺
飄盪哀泣的鳴響。

這條小路鄙陋，
卻永遠受熱愛。
多少俄羅斯人
在它之上奔忙。

雪橇啊，雪橇！

還有山楊的凍裂聲響。
我的父親——是農民，
而我——是農民之子。

我藐視功名，
也不在意是詩人。
這片枯槁之地
我已闊別多年。

誰只要一次看見
這土地這平野，
他將樂於親吻
每棵白樺的腿肚。

我怎能不落淚，
當俄羅斯青年
冒著寒風呼嘯，
戴著花冠歡唱。

啊，手風琴，致命的毒，
可知道正因你的哀吟，

威赫的榮耀一再被
毫不在乎地拋掉。

再會，朋友，再會 ① (1925)

再會，朋友，再會。
親愛的，你在我心頭。
命中注定的別離，
許諾未來的聚首。

再會，朋友，不握手，不話別，
別悲傷，莫蹙眉——
生命中死亡不稀奇，
活著當然也非奇蹟。

---

① 1925 年 12 月 28 日葉謝寧在彼得堡一家
  旅館內自盡，前一天他劃破手指，以鮮
  血寫下這首絕筆詩。